Texte de Robert Munsch
Illustrations de Michael Martchenko

DRÔLES D'HISTOIRES

12 histoires loufoques et amusantes

la courte échelle

Les éditions de la courte échelle inc.
5243, boul. Saint-Laurent
Montréal (Québec) H2T 1S4

Traduction française: Raymonde Longval

Conception graphique de la couverture: Elastik

Conception graphique de l'intérieur: Derome design inc.

Dépôt légal, 3e trimestre 2005
Bibliothèque nationale du Québec

La courte échelle reconnaît l'aide financière du gouvernement du Canada par l'entremise du Programme d'aide au développement de l'industrie de l'édition pour ses activités d'édition. La courte échelle est aussi inscrite au programme de subvention globale du Conseil des Arts du Canada et reçoit l'appui du gouvernement du Québec par l'intermédiaire de la SODEC.

La courte échelle bénéficie également du Programme de crédit d'impôt pour l'édition de livres — Gestion SODEC — du gouvernement du Québec.

Catalogage avant publication de Bibliothèque et Archives Canada

Munsch, Robert N.

Drôles d'histoires

Traduit de l'anglais.

Sommaire: Le bébé — Le dodo — Au secours, maman! — L'habit de neige - Papa, réveille-toi! — Les pompiers — L'avion de Julie — L'anniversaire — J'ai envie — Drôles de cochons! — La magicienne — Les fantaisies d'Adèle.

ISBN 2-89021-818-X

1. Munsch, Robert N. - Traductions françaises. 2. Histoires pour enfants canadiennes-anglaises - Traductions françaises. I. Longval, Raymonde. II. Martchenko, Michael. III. Titre. IV. Titre: Romans. Français. Morceaux choisis.

PS8576.U575A342 2005   jC813'.54   C2005-941361-1
PS9576.U575A342 2005

Imprimé en Chine

LE BÉBÉ

Lorsque Valérie sort de chez elle pour jouer, elle aperçoit un grand trou au beau milieu de son tas de sable. Elle s'agenouille près du trou et crie: «Est-ce qu'il y a quelqu'un là-dedans?» Tout au fond, quelque chose lui répond: «Gla, gla, gla.» «Hummm! dit Valérie, bizarre...» Elle se remet donc à crier de plus belle. «Est-ce qu'il y a quelqu'un là-dedans?» «Gla, gla, gla», répond de nouveau le trou. Valérie enfonce son bras aussi loin qu'elle le peut, tire un grand coup et pop... elle en sort un bébé.

«Gla, gla, gla», fait le bébé.
«Gla, gla, toi-même,
répond Valérie. Je n'ai
que cinq ans et je ne peux
pas m'occuper d'un bébé.
Je vais essayer de trouver
quelqu'un pour prendre
soin de toi.»

Valérie prend le gros bébé
dans ses bras et
commence à remonter la
rue. Elle rencontre une
dame avec une poussette.
«Excusez-moi, dit Valérie,
avez-vous besoin d'un
bébé?» «Grands dieux,
non! s'écrie la dame, j'ai
déjà un bébé.» Elle se
remet à marcher et dix-
sept vendeurs de couches
sortent subitement de
derrière une haie pour
courir après elle.

Valérie prend le bébé et continue à remonter la rue. Elle rencontre une vieille dame. «Excusez-moi, dit Valérie, avez-vous besoin d'un bébé?» «Est-ce que ça fait pipi dans sa culotte?», demande la vieille dame. «Oui», répond Valérie. «WOUACH!, dit la vieille dame. Est-ce que ça salit sa couche?» «Oui», répond Valérie. «WOUACH!, fait la vieille dame. Est-ce que son nez coule?» «Oui», dit Valérie. «WOUACH!, fait à nouveau la vieille dame. J'ai déjà dix-sept chats et je n'ai vraiment pas besoin d'un bébé.» Elle se remet à marcher et dix-sept chats sortent d'une poubelle pour courir derrière elle.

Valérie reprend le bébé et continue à remonter la rue. Elle rencontre une jeune femme très élégante. «Excusez-moi, demande Valérie, avez-vous besoin d'un bébé?» «Ciel, non! dit la jeune femme, j'ai dix-sept emplois, beaucoup d'argent et très peu de temps. Je n'ai pas besoin d'un bébé.» Elle se remet à marcher et dix-sept secrétaires, neuf messagers et un livreur de pizzas courent derrière elle.

«Misère!», pense Valérie.
Elle prend le bébé dans
ses bras et continue à
remonter la rue. Elle
rencontre un homme.
«Excusez-moi, monsieur,
avez-vous besoin d'un
bébé?» «Je ne sais pas,
répond le monsieur. Est-
ce qu'il peut laver ma
voiture?» «Non», répond
Valérie. «Est-ce que je
peux le vendre pour
beaucoup d'argent?»
«Non», dit Valérie. «Alors à
quoi cela peut-il servir?»
«C'est fait pour être aimé et
embrassé et nourri et
lavé», répond Valérie.
«Alors, je n'ai vraiment pas
besoin de cette chose», dit
le monsieur. Il continue à
marcher, mais personne
ne le suit.

Valérie s'asseoit sur le bord
du trottoir, car le bébé
commence à se faire très
lourd. «Gla, gla, gla», fait le
bébé. «Gla, gla, toi-même,
répond Valérie. Qu'est-ce
que je vais faire de toi?»
Un énorme camion passe
devant eux et s'arrête.

Le conducteur descend,
fait le tour de Valérie trois
fois, puis regarde le bébé.
«Excusez-moi, dit Valérie,
avez-vous besoin d'un
bébé?» «Bien...en...en...!»,
répond le conducteur.
«Gla, gla, gla», fait le bébé.

«Tu as bien dit gla, gla, gla?», demande le conducteur. «Oui», répond le bébé. «Alors, j'ai besoin de toi», s'écrie le conducteur. Il prend le bébé dans ses bras et commence à remonter la rue.

«Attendez! crie Valérie,
vous oubliez votre
camion!» «J'ai déjà dix-sept
camions; ce dont j'ai
besoin... c'est d'un bébé.»

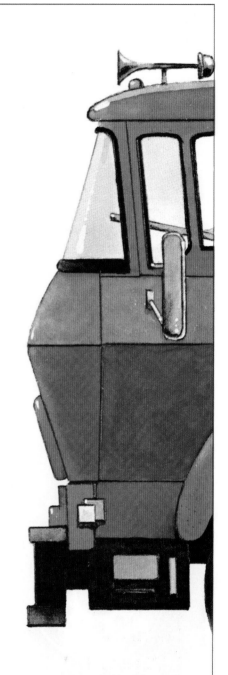

«Le camion... garde-le.»

LE DODO

Un soir, Simon et sa maman
montent l'escalier jusqu'à
la chambre du petit garçon.
Clong, clong, clong, clong,
clong, clong.
Là-haut, la maman ouvre
la porte et met Simon au lit.
«Maintenant Simon, je ne
veux plus entendre un mot.»
Simon, du fond de son lit,
fait signe que oui.

La maman ferme la porte et
descend l'escalier.
Clong, clong, clong, clong,
clong, clong.
Aussitôt qu'elle arrive en bas,
Simon se met à chanter:
«Bing, bang; bing, bang, boum,
je veux qu'on m'entende.
Bing, bang; bing, bang, boum,
je veux qu'on m'entende partout...»

Le papa de Simon ne peut
supporter ce vacarme;
il monte l'escalier.
*Clong, clong, clong, clong,
clong, clong.*
Il ouvre la porte et crie:
«Simon, je ne veux plus
entendre un mot.»
Simon, du fond de son lit,
fait signe que oui.

Le papa de Simon descend
l'escalier.
*Clong, clong, clong, clong,
clong, clong.*
Aussitôt qu'il arrive en bas,
Simon se met à chanter:
«Bing, bang; bing, bang, boum,
je veux qu'on m'entende.
Bing, bang; bing, bang, boum,
je veux qu'on m'entende partout...»

Les dix-sept frères et soeurs
de Simon ne peuvent
supporter ce vacarme; ils
montent l'escalier.
Clong, clong, clong, clong,
clong, clong.
Ils ouvrent la porte et crient
tous ensemble très fort:
«Simon, on ne veut plus
entendre un mot.»
Simon, du fond de son lit,
fait signe que oui.

Les frères et soeurs ferment
la porte et descendent
l'escalier.
Clong, clong, clong, clong,
clong, clong.
Aussitôt qu'ils arrivent en bas,
Simon se met à chanter:
«Bing, bang; bing, bang, boum,
je veux qu'on m'entende.
Bing, bang; bing, bang, boum,
je veux qu'on m'entende partout...»

Tout le monde est tellement
énervé qu'on décide
d'appeler la police. Deux
policiers arrivent et montent
tout doucement l'escalier.
*Clong, clong, clong, clong,
clong, clong.*
Ils ouvrent la porte et d'une
grosse voix grave de
policier disent:
«Simon, on ne veut plus
entendre un mot.»

Les deux policiers ferment
la porte et descendent l'escalier.
Clong, clong, clong, clong,
clong, clong.
Aussitôt qu'ils arrivent en bas,
Simon se met à chanter:
«Bing, bang; bing, bang, boum,
je veux qu'on m'entende.
Bing, bang; bing, bang, boum,
je veux qu'on m'entende partout...»

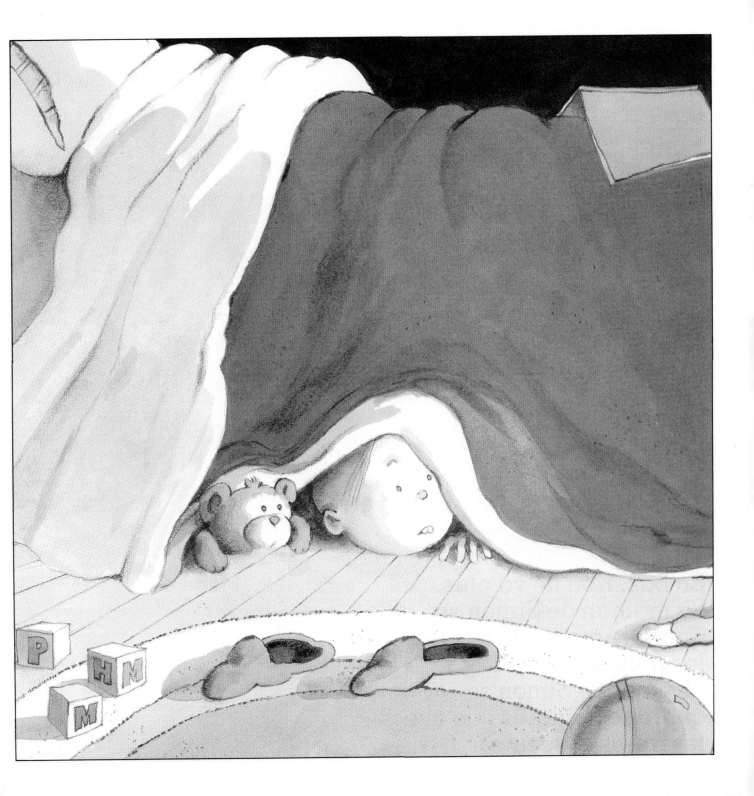

En bas, rien ne va plus.
La maman de Simon se
querelle à grands cris avec
les policiers.
Le papa de Simon se
querelle à grands cris avec
les frères et soeurs.

Mais là-haut, Simon,
fatigué d'attendre que
quelqu'un monte l'escalier,
s'est endormi...

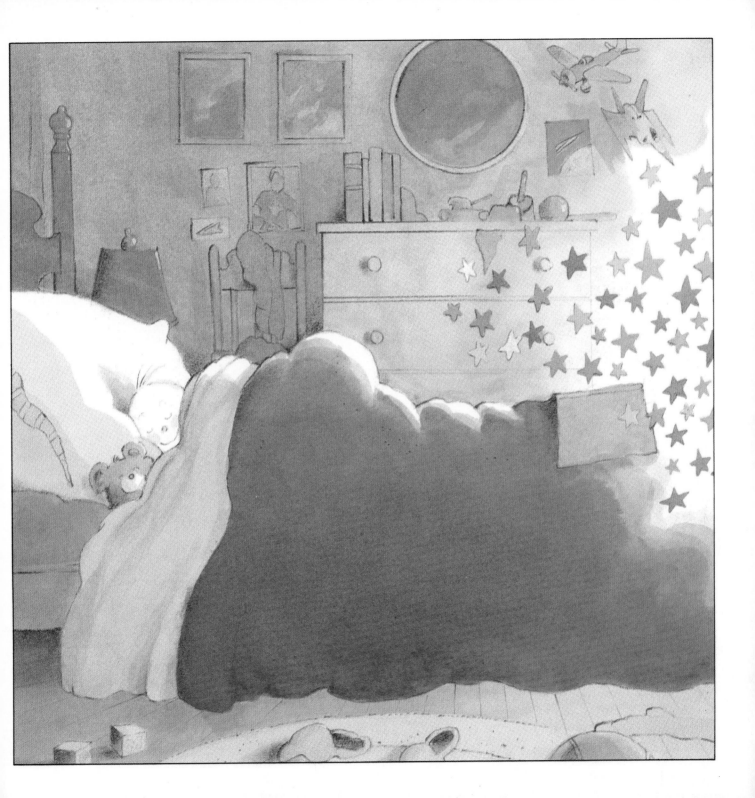

AU SECOURS, MAMAN !

Benjamin veut apporter quelque chose de très particulier en classe pour l'activité *Parle-moi de...* Il décide donc d'amener sa petite soeur. Il monte dans la chambre du bébé, prend sa soeur dans ses bras, la met dans son sac à dos et part pour l'école.

Mais une fois en classe, la petite soeur de Benjamin se réveille. Elle n'aime pas du tout être dans le sac à dos et elle se met à pleurer: «WÂÂÂ, WÂÂÂ, WÂÂÂ, WÂÂÂ, WÂÂÂ.»

La maîtresse regarde Benjamin et lui dit: «Cesse de faire tout ce vacarme.» «Ce n'est pas moi, répond Benjamin, c'est ma petite soeur. Elle est dans mon sac à dos. Je l'ai amenée pour l'activité *Parle-moi de...*»

«Quoi!? s'exclame la maîtresse, tu ne peux pas laisser un bébé dans un sac à dos!» Elle attrape le sac de Benjamin et l'ouvre. Le bébé regarde la maîtresse et crie: «WÂÂÂ, WÂÂÂ, WÂÂÂ, WÂÂÂ, WÂÂÂ.»

«Ne t'inquiète pas, dit la maîtresse, je sais m'occuper des bébés.» Elle prend le bébé dans ses bras et commence à le bercer... en avant, en arrière, en avant, en arrière, en avant...

Malheureusement, la maîtresse n'est pas la maman du bébé et elle ne le berce pas tout à fait comme sa maman. Le bébé pleure encore plus fort: «WÂÂÂ, WÂÂÂ, WÂÂÂ, WÂÂÂ, WÂÂÂ.»

Le directeur se précipite dans la classe. Il regarde la maîtresse et lui dit: «Arrêtez de faire tout ce bruit!» «Ce n'est pas moi, répond-elle. C'est Jasmine, la petite soeur de Benjamin. Il l'a amenée pour l'activité *Parle-moi de...* et elle ne veut pas se taire.»

«Ne vous en faites pas, lui répond le directeur, je sais comment faire taire les enfants.» Il prend le bébé et lui crie: «HÉ! TOI, TAIS-TOI!» Le bébé n'aime pas ça du tout et il hurle de plus en plus fort: «WÂÂÂ, WÂÂÂ, WÂÂÂ, WÂÂÂ, WÂÂÂ.»

«Ce bébé ne va pas bien, dit le directeur. Il doit être malade. Je vais appeler un médecin.»

Le médecin arrive. Il porte un
gros sac noir. Il examine les yeux
du bébé, les oreilles du bébé et la
bouche du bébé. «Ne vous inquiétez
pas, dit-il, je sais quoi faire.
Ce bébé a besoin d'une piqûre!»

Il ouvre son sac et en sort une
petite aiguille: «Nooon... celle-ci est
TROP PETITE.»

Il fouille de nouveau dans son sac
et en sort une aiguille plus longue:
«Nooon... encore TROP PETITE.»

Il remet la main dans son sac
et en sort une très longue aiguille:
«Nooon... encore TROP PETITE.»

Il enfonce la main dans son sac et
en sort une énorme aiguille: «Ahhh!
voilà, ELLE EST PARFAITE.»

Le bébé aperçoit l'énorme aiguille et
se met à hurler de toutes ses forces:
«WÂÂÂ, WÂÂÂ, WÂÂÂ, WÂÂÂ,
WÂÂÂ.»

La maman prend le bébé dans ses bras et le berce... en avant, en arrière, en avant, en arrière, en avant... Le bébé fait: «Ahhhhhhh!» et s'endort.

«Oh! merci! Merci beaucoup! dit le directeur. Ce bébé faisait tellement de bruit qu'il me rendait malade.»

«MALADE? s'écrie le médecin. MALADE! Cet homme a bien dit qu'il était MALADE? Il a besoin d'une piqûre.» Il ouvre son sac et en sort une petite aiguille: «Nooon... celle-ci est TROP PETITE.»

Il fouille de nouveau dans son sac et en sort une aiguille plus longue: «Nooon... encore TROP PETITE.»

Il remet la main dans son sac et en sort une très longue aiguille: «Nooon... encore TROP PETITE.»

Il enfonce la main dans son sac et en sort une énorme aiguille: «Ahhh! voilà, ELLE EST PARFAITE.»

Le directeur aperçoit l'énorme aiguille, il se met à crier: «WÂÂÂ, WÂÂÂ, WÂÂÂ, WÂÂÂ, WÂÂÂ» et il sort de la classe en courant.

«Maintenant, dit la maman de Benjamin, il est temps de ramener le bébé à la maison.»

«D'accord, répond Benjamin. Tu peux te servir de mon sac à dos.»

«Quelle bonne idée!» dit sa maman.

Benjamin et sa maman mettent le bébé au lit. Et il s'endort tout de suite, sans pleurer une seule fois.

Benjamin retourne à l'école.
Et cette fois-ci, il apporte beaucoup
de choses étranges pour l'activité
Parle-moi de...

Mais il n'est pas le seul à avoir
apporté beaucoup de choses
étranges...

L'HABIT DE NEIGE

Un jour, la maman de Thomas
rapporte du magasin un bel
habit de neige brun. Lorsque
Thomas l'aperçoit, il s'écrie:
«C'est la chose la plus laide que
j'ai vue de ma vie. Si tu crois
que je vais porter cette horreur
d'habit de neige, tu es
complètement folle! »

«C'est ce qu'on va voir! »
répond-elle.

Le lendemain, avant qu'il parte
pour l'école, sa maman lui
demande gentiment: «Thomas,
veux-tu, s'il te plaît, mettre
ton habit de neige?»

Thomas répond aussitôt:
«PAS QUESTION, ON, ON, ON.»

Sa maman sursaute et dit:
«Thomas, mets cet habit de
neige!»

Thomas répond encore:
«PAS QUESTION, ON, ON, ON.»

La maman agrippe alors Thomas
et l'habit de neige et essaie de
les faire entrer l'un dans l'autre.
Après une bataille terrible,
Thomas se retrouve finalement
dans son habit de neige.

Thomas arrive à l'école
et suspend son habit de neige.
Lorsque la récréation sonne,
tous les enfants enfilent leurs
habits de neige et sortent jouer.
Mais pas Thomas.

La maîtresse s'approche de lui
et dit: «Thomas, s'il te plaît, mets ton
habit de neige!». Thomas répond:
«PAS QUESTION, ON, ON, ON.»

La maîtresse sursaute et dit:
«Thomas, mets ton habit de neige!»

Thomas répond encore:
«PAS QUESTION, ON, ON, ON.»

La maîtresse agrippe alors
Thomas et l'habit de neige
et essaie de les faire entrer l'un
dans l'autre.

Après une bataille terrible, la
maîtresse se retrouve dans l'habit
de neige de Thomas et Thomas
dans la robe de la maîtresse.

Lorsque la maîtresse comprend
ce qui se passe, elle agrippe
Thomas d'une main et essaie de
le faire entrer dans son habit de
neige. Après une bataille terrible,
l'habit de neige et la robe sont
tout emmêlés. Thomas et la
maîtresse n'ont plus que leurs
sous-vêtements.

Au même moment, la porte
s'ouvre et le directeur apparaît.
«C'est Thomas! dit la maîtresse.
Il ne veut pas mettre son habit
de neige.»

Le principal agrippe alors
Thomas et la maîtresse et essaie
de remettre à chacun ses
vêtements. Après un certain
temps, le directeur se retrouve
dans la robe de la maîtresse
et la maîtresse dans le costume
du directeur. Thomas, lui, n'a
toujours que ses sous-vêtements.

«Hé, Thomas! Viens jouer avec
nous!» crie un enfant dans la cour.
À toute vitesse, Thomas traverse
la pièce, enfile son habit de neige
et ses bottes, et sort jouer.

Le directeur regarde alors
la maîtresse:«Hé! Vous avez
mon costume. Enlevez-le
immédiatement.»

«Sûrement pas! répond la
maîtresse. Vous avez ma robe,
rendez-la-moi le premier.»

Ils se disputent et se disputent,
mais ni l'un ni l'autre ne veut
céder.

Lorsque Thomas revient de la
récréation, il regarde le directeur,
puis regarde la maîtresse. Il
agrippe le directeur d'une main
et la maîtresse de l'autre.

Après une bataille terrible,
Thomas remet à chacun ses
vêtements.

Le lendemain, le directeur donne
sa démission et déménage au
Texas... là où personne ne porte
d'habit de neige.

PAPA, RÉVEILLE-TOI

C'est la nuit. Guillaume dort
profondément:
ZZZZZ-ZZZZZ-ZZZZZ-ZZZZZ-ZZZZZ.

Tout à coup, un bruit bizarre le
réveille. «Qu'est-ce que c'est?
Qu'est-ce que c'est?» demande-t-il.

Il se lève, ouvre la porte de la
cuisine…

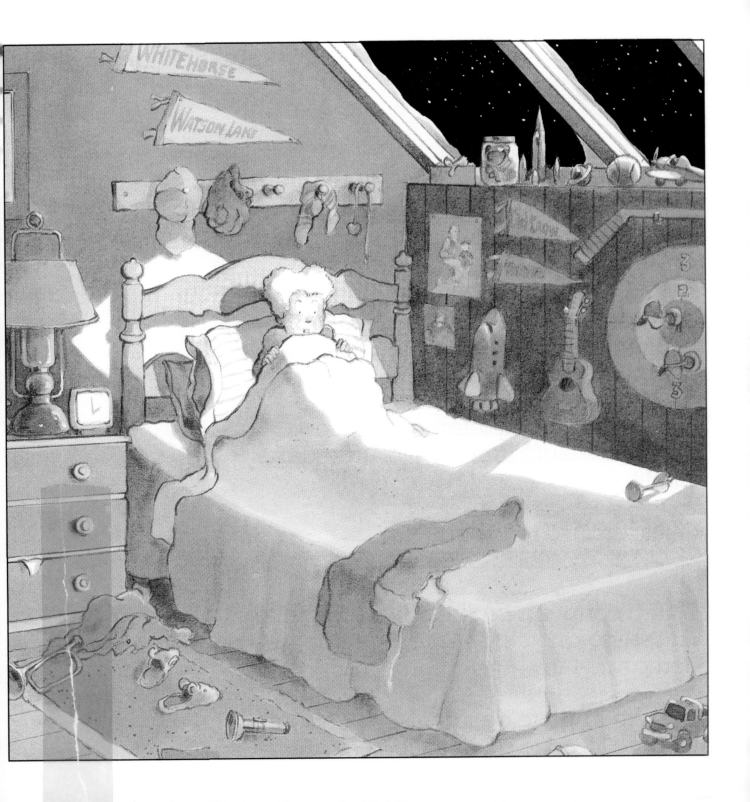

et voit son père somnambule sur le dessus du réfrigérateur.

«PAPA, RÉVEILLE-TOI!» crie Guillaume. Son père saute sur ses pieds, fait en courant trois fois le tour de la cuisine et retourne se coucher.

«On devient complètement fou ici!» s'exclame Guillaume. Il retourne dans son lit.

Guillaume se rendort:
ZZZZZ-ZZZZZ-ZZZZZ-ZZZZZ-ZZZZZ.

Tout à coup, un bruit bizarre le réveille. «Qu'est-ce que c'est? Qu'est-ce que c'est?» demande-t-il.

Il ouvre la porte de la cuisine. Personne. Il ouvre la porte de la salle de bains...

et voit son père tranquillement endormi
dans la baignoire.
«PAPA, RÉVEILLE-TOI! » crie Guillaume.
Son père saute sur ses pieds, fait
en courant trois fois le tour de la salle
de bains et retourne se coucher.

«On devient complètement fou ici!»
s'exclame Guillaume. Mais il est trop
fatigué pour faire quoi que ce soit.
Il retourne dans son lit.

Guillaume se rendort:
ZZZZZ-ZZZZZ-ZZZZZ-ZZZZZ-ZZZZZ.

Tout à coup, un bruit bizarre le réveille.
«Qu'est-ce que c'est? Qu'est-ce que
c'est?» demande-t-il.

Il ouvre la porte de la cuisine. Personne.
Il ouvre la porte de la salle de bains.
Personne. Il ouvre la porte du garage...

et voit son père tranquillement endormi
sur le toit de la voiture.
«PAPA, RÉVEILLE-TOI!» crie Guillaume.
Son père saute sur ses pieds, fait en
courant trois fois le tour de la voiture et
retourne se coucher.

«On devient complètement fou ici!»
s'exclame Guillaume. Mais il est trop
fatigué pour faire quoi que ce soit.
Il retourne dans son lit.

Guillaume se rendort:
ZZZZZ-ZZZZZ-ZZZZZ-ZZZZZ-ZZZZZ.

Tout à coup, un bruit bizarre le réveille.
«Qu'est-ce que c'est? Qu'est-ce que
c'est?» demande-t-il.

Il ouvre la porte de la cuisine. Personne.
Il ouvre la porte de la salle de bains.
Personne. Il ouvre la porte du garage.
Personne. Il ouvre la porte du salon.
Personne.

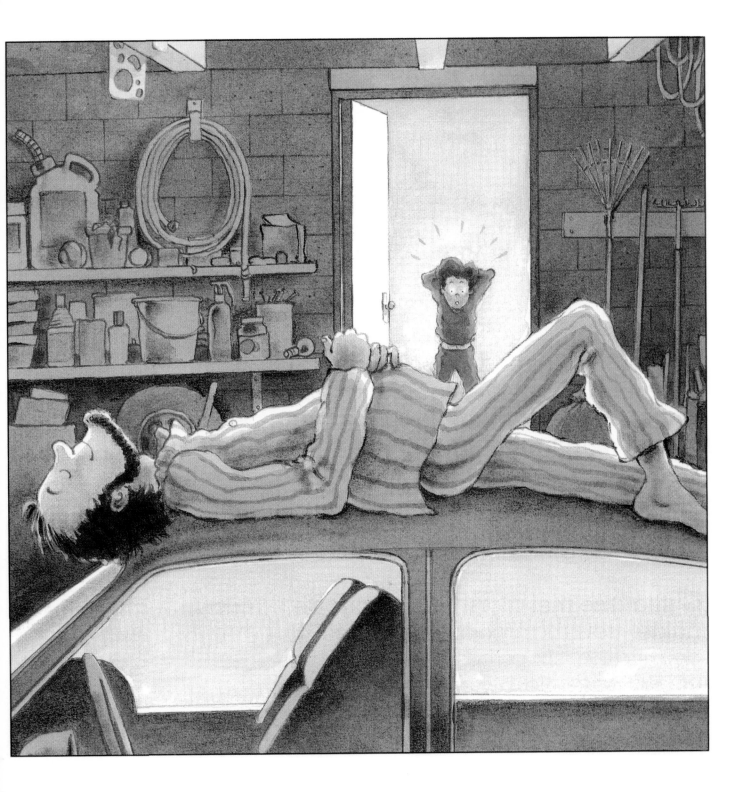

Mais la porte d'entrée est grande
ouverte et, dans la neige, il y a des
traces de pas... celles de son papa.
Dehors, il fait moins 50.

«Aie! dit Guillaume. Mon père n'a
que son pyjama! Il va être transformé
en bloc de glace.»

Guillaume met alors trois habits de
neige, trois manteaux, six paires
de mitaine, six paires de chaussettes
et une paire de bottes très chaudes.
Il sort dans la neige et suit les traces
de pas.

Guillaume marche longtemps,
longtemps et finalement aperçoit
son père. Il dort, appuyé contre
un arbre.

«PAPA, RÉVEILLE-TOI!» crie
Guillaume. Son papa ne bouge
pas. **«PAPA, RÉVEILLE-TOI!»**
crie-t-il à nouveau de toutes ses
forces. Son papa ne bouge
toujours pas. Guillaume essaie
de le porter, mais il est beaucoup
trop lourd.

Guillaume retourne chez lui aussi vite
qu'il le peut et ramène son traîneau.
Il couche son papa dessus et le tire
jusqu'à la maison. Lorsqu'ils arrivent,
Guillaume agrippe les orteils de son
père; il le hisse dans l'escalier de la
galerie arrière: bomp, bomp, bomp,
bomp. Il le traîne à travers la cuisine:
shiss, shiss, shiss, shiss. Et, enfin,
Guillaume le met dans la baignoire.
Il ouvre le robinet d'eau chaude.

                               glou.
                           glou,
                       glou,
                   glou,
               glou,
La baignoire se remplit:glou,

Son père saute alors sur ses pieds,
fait en courant trois fois le tour de la
salle de bains et retourne se coucher.

«On devient complètement fou ici!
s'exclame Guillaume. Je dois faire
quelque chose!» Il prend alors une
longue corde, en attache un bout
au lit de son papa et l'autre à son
gros orteil.

Guillaume se rendort:
ZZZZZ-ZZZZZ-ZZZZZ-ZZZZZ-ZZZZZ.
Tout à coup, un bruit bizarre le réveille.
«Qu'est-ce que c'est? Qu'est-ce que
c'est?» demande-t-il. Il ouvre la porte
de la cuisine...

et voit son père arrêté au beau milieu
de la pièce.

«Ouf! dit Guillaume. C'est la fin des
promenades nocturnes. Maintenant,
je peux dormir tranquille.

La maman de Guillaume dort
profondément:
ZZZZZ-ZZZZZ-ZZZZZ-ZZZZZ-ZZZZZ.
Tout à coup, un bruit bizarre la réveille.
«Qu'est-ce que c'est? Qu'est-ce que
c'est?» demande-t-elle. Elle ouvre la
porte de la cuisine et...

Philippe et Catherine se promènent en ville. Ils passent devant la caserne de pompiers. «Viens, dit Catherine, entrons! » Philippe hésite. «Ce n'est peut-être pas une bonne idée... on devrait d'abord... » «Oh! allez viens, » répond Catherine en l'attrapant par la main. Ils marchent jusqu'à la porte d'entrée et frappent.

Un grand pompier leur ouvre
la porte. «On aimerait voir les
camions», lui dit Catherine.
Le pompier les laisse entrer.
Philippe et Catherine regardent
partout.

Lorsqu'ils arrivent devant le
plus gros des camions, Catherine
saute sur la banquette arrière.
«Viens me rejoindre», dit-elle à
Philippe. Il grimpe à son tour.

Quelques secondes plus tard,
une cloche se met à sonner très
fort. Les pompiers accourent
de partout et sautent dans le
camion qui démarre à toute
allure. Personne n'a regardé sur
la banquette arrière. Catherine
et Philippe sont toujours là.

Le camion s'arrête devant
un immense édifice. Des flammes
et de la fumée sortent de tous
les côtés à la fois. Les pompiers
déroulent leurs boyaux et
commencent à arroser. Une
épaisse fumée pleine de couleurs
bizarres s'échappe alors de
l'édifice et enveloppe Catherine.
Elle devient rouge, jaune
et verte. La fumée enveloppe
ensuite Philippe. À son tour,
il devient jaune, vert et bleu.

Lorsque le camion repart pour la
caserne, Philippe et Catherine
rentrent à la maison en courant.

Philippe arrive chez lui le premier. Il frappe à la porte. Sa maman ouvre et aperçoit un petit garçon incroyablement sale. «Tu ne peux pas entrer jouer avec Philippe, dit-elle, tu es bien trop sale! » et elle lui ferme la porte au nez. «C'est ma maman et elle ne me reconnaît même pas! » pense Philippe. De nouveau, il frappe à la porte. Sa maman ouvre. «Tu ne peux pas entrer jouer avec Philippe, lui dit-elle, tu es bien trop sale! » Mais juste avant qu'elle ne referme, Philippe lui crie: «Attends! C'est moi, Philippe. »

Sa maman le regarde de très très très près. «Mais oui! c'est bien toi. Comment peux-tu être aussi sale?» «Je suis allé avec les pompiers, dans leur camion, ils ont éteint un feu, une grosse fumée bizarre m'a enveloppé et je n'ai même pas eu peur! » Sa maman monte alors avec lui dans la salle de bains et l'assoit dans la baignoire. Elle doit le frotter pendant trois jours pour qu'il redevienne propre.

Catherine arrive chez elle et frappe à la porte. Son papa ouvre et aperçoit une petite fille incroyablement sale. «Tu ne peux pas entrer jouer avec Catherine, dit-il, tu es bien trop sale! » et il lui ferme la porte au nez. «C'est mon papa et il ne me reconnaît même pas! » pense Catherine. De toutes ses forces, elle frappe de nouveau à la porte. Son papa ouvre. «Ça suffit maintenant! Je t'ai dit que tu étais trop sale pour jouer avec Catherine. » Catherine lui crie alors aussi fort qu'elle le peut:

«Attends papa! C'est moi, Catherine!» Il la regarde de très très très près. Il regarde même dans ses oreilles et entre ses orteils. «Sacrebleu! mais oui, c'est bien toi! Comment peux-tu être aussi sale?» «Je suis allée avec les pompiers, dans leur camion, ils ont éteint un feu, une grosse fumée bizarre m'a enveloppée et je n'ai même pas eu peur! » Son papa monte alors avec elle dans la salle de bains et l'assoit dans la baignoire. Il doit la frotter pendant cinq jours pour qu'elle redevienne propre.

Philippe et Catherine se
promènent en ville. Ils passent
devant le poste de police...

L'AVION DE JULIE

Julie et son papa se rendent à
l'aéroport. Mais une fois là-bas,
une chose terrible se produit.
Julie ne retrouve plus son papa.

Elle le cherche partout. Elle
regarde sous les avions, sur les
avions, à côté des avions mais
elle ne le voit nulle part. Julie
décide alors de regarder à
l'intérieur d'un avion.

Elle grimpe les marches de celui
dont la porte est ouverte: une,
deux, trois, quatre... jusqu'en
haut. Elle regarde partout mais
son papa n'y est pas... il n'y a
personne.

Julie n'est jamais montée à bord d'un avion; elle décide donc de l'examiner d'un peu plus près. Tout à l'avant, elle aperçoit un siège avec une foule de boutons autour. Chaque bouton est d'une couleur différente. Julie adore pousser des boutons. Elle s'approche, s'installe dans le grand siège avant et décide d'appuyer sur un des boutons. Lentement, elle appuie sur le bouton vert qui brille. Aussitôt, la porte de l'avion se ferme.

Julie commence à s'inquiéter car elle ne peut plus sortir. Elle appuie donc sur un autre bouton. Lentement, elle presse le bouton jaune, plusieurs lumières s'allument, mais cela ne résout pas le problème.

Julie doit faire quelque chose. Lentement, elle pousse le bouton rouge. Aussitôt le moteur se met en marche et l'avion commence à bouger.

«Aïe! », pense Julie et elle pèse sur tous les boutons à la fois. L'avion décolle et monte droit dans le ciel. Lorsque Julie regarde par la fenêtre, elle s'aperçoit que l'avion est maintenant très haut dans le ciel, mais elle ne sait pas comment redescendre. Elle choisit alors de pousser un dernier bouton. Elle appuie sur le bouton noir, c'est celui de la radio. Aussitôt, elle entend une voix: «Ramène cet avion au sol, espèce de voleur! »

Julie répond bien vite: «Mon
nom est Julie, j'ai cinq ans et
je ne sais pas piloter un avion.
«Bon sang! répond la voix,
écoute-moi bien maintenant,
prends le volant et tourne-le
à gauche.»

Julie exécute les ordres et l'avion
descend lentement vers la piste
d'atterrissage. Il touche la piste et
rebondit aussitôt. Il touche de
nouveau la piste mais rebondit
encore. La troisième fois, l'aile
entre en contact avec le sol et
l'avion éclate en mille morceaux.

Julie est maintenant assise par
terre et n'a même pas une petite
égratignure.

Toutes sortes de camions et
d'autos arrivent alors sur la piste.

Il y a des autos de police,
des ambulances, des camions de
pompiers et des autobus. De
nombreuses personnes accourent
et, à leur tête, le papa de Julie.

Il la prend dans ses bras: «Est-ce
que tu vas bien?» «Très bien!»,
lui dit Julie. «Mais Julie, l'avion,
lui, n'est pas très bien, il est
en mille miettes.» «Je sais, répond
Julie, j'ai fait une grosse bêtise.»
«Promets-moi que tu ne piloteras
jamais plus, » demande son
papa. «C'est promis!» reprend
Julie.

Mais Julie ne tient pas sa
promesse. Une fois grande, elle
ne devient pas médecin, elle
ne devient pas chauffeure de
camion, elle ne devient pas
secrétaire, elle ne devient pas
infirmière, mais elle devient
pilote d'avion.

L'ANNIVERSAIRE

Un beau matin, Mireille va voir
sa maman et lui dit: «Pour mon
anniversaire, je veux inviter
les enfants de la 1re année,
de la 2e année, de la 3e année,
de la 4e année, de la 5e année,
de la 6e année et aussi ceux
de la maaaaaternelle.» «Es-tu folle?»
répond sa maman. «Cela fait
beaucoup trop d'enfants.»

Alors, Mireille va voir son papa
et lui dit: «Pour mon anniversaire,
je veux inviter les enfants de la
1re année, de la 2e année, de
la 3e année, de la 4e année, de la
5e année, de la 6e année et aussi
ceux de la maaaaaternelle.»

«Es-tu folle?» répond son papa. «Cela
fait beaucoup trop d'enfants. Pour
ton anniversaire, tu peux inviter six
enfants: 1-2-3-4-5-6 pas plus; et pas
ceux de la maaaaaternelle.»

À l'école, Mireille invite six enfants.
Mais un copain qui n'a pas été
invité la supplie: «Mireille, s'il te
plaît. Je t'en prie. Est-ce que je peux
venir?» «Hummmmmm... d'accord»
répond Mireille.

À la fin de la journée, Mireille
a invité les enfants de la 1re année,
de la 2e année, de la 3e année,
de la 4e année, de la 5e année,
de la 6e année et aussi ceux de la
maaaaaternelle. Mais elle ne
dit rien à son papa et à sa maman,
car elle a peur qu'ils se fâchent.

Le jour de son anniversaire, quelqu'un frappe à la porte: toc, toc, toc, toc, toc, toc. Mireille ouvre et voit six enfants. «C'est parfait!» dit son papa. «Six enfants, maintenant nous pouvons commencer la fête.» «Attendons encore un peu, juste une minute» répond Mireille. Tout le monde attend une minute... tout à coup: BAM, BAM, BAM, BAM, on frappe à la porte.

Le papa et la maman de Mireille ouvrent la porte et voient les enfants de la 1re année, de la 2e année, de la 3e année, de la 4e année, de la 5e année, de la 6e année et ceux de la maaaaaaternelle. Les enfants se précipitent à l'intérieur et renversent les parents de Mireille.

Lorsque le papa et la maman se relèvent, ils voient: des enfants dans le sous-sol, des enfants dans le salon, des enfants dans la cuisine, des enfants dans les chambres, des enfants dans la salle de bains et des enfants sur le toit.

«Mireille!» disent-ils. «Comment allons-nous nourrir tous ces enfants?» «Ne vous inquiétez pas» répond Mireille. «Je sais exactement quoi faire.»

Elle se rend au téléphone et appelle un restaurant où l'on prépare des pizzas. «Deux cents» leur dit-elle. «Envoyez deux cents pizzas chez moi, s'il vous plaît». La dame du restaurant s'écrie: «Deux cents pizzas! Êtes-vous devenue folle? Deux cents pizzas, c'est beaucoup trop!» «C'est exactement ce que je veux» répond Mireille. «Nous en enverrons dix» dit la dame. «Juste dix, c'est tout ce que je peux envoyer maintenant.» Et elle raccroche.

Mireille téléphone ensuite à un pâtissier. «Deux cents» lui dit-elle. «Envoyez deux cents gâteaux d'anniversaire chez moi, s'il vous plaît.» Le pâtissier s'écrie: «Deux cents gâteaux d'anniversaire! Êtes-vous devenue folle? Deux cents gâteaux, c'est beaucoup trop!» «C'est exactement ce que je veux» répond Mireille. «Nous en enverrons dix» dit le pâtissier. «Juste dix, c'est tout ce que je peux envoyer maintenant.» Et il raccroche.

Un peu plus tard, un gros camion arrive et déverse dix pizzas dans l'entrée, chez Mireille. Un autre gros camion arrive et déverse dix gâteaux dans l'entrée, chez Mireille. En voyant cette pile de nourriture, les enfants s'écrient: «À manger!»

Ils ouvrent leurs bouches toutes grandes, avalent en cinq secondes tous les gâteaux et toutes les pizzas, puis hurlent tous ensemble: «ENCORE!»

«Oh, oh! Nous avons besoin de beaucoup plus de nourriture» dit la maman de Mireille. «Sinon il n'y aura pas de fête. Qui peut nous apporter plus de nourriture? Et très vite?»

«NOUS, ous, ous, ous!» s'écrient alors les deux cents enfants. Et ils sortent de la maison.

Mireille attend... une heure...
deux heures... trois heures. «Ils ne
reviennent pas» dit sa maman. «Ils
ne reviennent pas» dit son papa.
«Attendez, vous verrez bien» répond
Mireille.

Tout à coup, on frappe à la porte:
BAM, BAM, BAM, BAM.

Le papa et la maman ouvrent et
deux cents enfants entrent,
transportant plein de nourriture.
Il y a du pain frais, du cassoulet,
de la raie et un cochonnet;
des spaghettis, de la salade de
pissenlits, des pâtisseries et un gros
rôti. Il y a de la citrouille, de la
ratatouille, de la soupe au fenouil
et des cuisses de grenouilles; du
requin, des raisins, du poulet de
grain et du dinosaure au gratin.

En 10 minutes, les enfants avalent toute la nourriture. Lorsqu'ils ont terminé, chacun donne à Mireille le cadeau qu'il a apporté. Il y a des cadeaux dans les chambres, dans la salle de bains et même sur le toit. «Oh, oh!» dit Mireille. «La maison est pleine de cadeaux. C'est beaucoup trop pour moi!»

«Qui va nettoyer ce dégât?»
demande le papa de Mireille.

«J'ai une idée» répond Mireille.
Et elle crie aux enfants: «Tous ceux
qui m'aident à nettoyer la maison
reçoivent un cadeau.»

En 5 minutes, les deux cents enfants nettoient la maison. Ils prennent chacun un cadeau et sortent.

«Haaaaa!» dit la maman. «Je suis contente que ce soit terminé.»

«Haaaaa!» dit le papa. «Je suis content que ce soit terminé.»

«Oh, oh!» dit Mireille. «Je crois que j'entends le bruit d'un camion.»

Un gros camion arrive et déverse cent quatre-vingt-dix pizzas devant la maison de Mireille. «Voilà le reste de vos pizzas» dit le conducteur. Un autre gros camion arrive et déverse cent quatre-vingt-dix gâteaux d'anniversaire devant la maison de Mireille. «Voilà le reste de vos gâteaux» dit le conducteur.

«Ciel!» dit le papa de Mireille. «Comment allons-nous nous débarrasser de toute cette nourriture?»

«C'est facile» répond Mireille. «Demain, nous ferons une autre fête et nous inviterons les enfants de la 1re année, de la 2e année, de la 3e année, de la 4e année, de la 5e année, de la 6e année et aussi ceux de la maaaaaternelle.»

J'AI ENVIE...

Un jour, Pascal, son papa et
sa maman se préparent à rendre
visite aux grands-parents de
Pascal. Avant de monter en voiture,
sa maman lui demande: «Pascal,
est-ce que tu dois aller faire pipi?»

«Non, non, non, non, non» répond
Pascal.

Son papa lui demande alors
très lentement et très clairement:
«Pascal, est-ce que tu dois aller
faire pipi?»

«Non, non, non, non, non» répond
Pascal. «J'ai décidé de ne plus
jamais faire pipi.»

Ils installent Pascal dans la voiture,
bouclent sa ceinture de sécurité,
lui donnent plein de livres, de jouets
et de crayons puis démarrent.
VROOOMMM...

Ils sont en route depuis environ
une minute lorsque Pascal crie:
«Je dois aller faire pipi!»

«YEUK» dit le papa.

«AH NON!» dit la maman.

«Pascal! Peux-tu attendre juste
5 minutes?» demande son papa.
«Dans 5 minutes, il y aura une
station-service où tu pourras aller
faire pipi.»

«Je dois faire pipi TOUT DE SUITE!»
répond Pascal.

Alors, sa maman arrête la voiture.
SCREEEEECH... Pascal descend
et va faire pipi derrière un buisson.

Ils lui mettent alors son habit de
neige qui a 5 fermetures éclair,
10 boucles et 17 boutons-pression.
Il leur faut une demi-heure pour
tout attacher.

Pascal sort dans la cour, lance
une balle de neige et crie: «Je dois
aller faire pipi.»

Le papa, la maman, le grand-papa
et la grand-maman se précipitent
dehors, enlèvent à Pascal son habit
de neige et l'amènent d'urgence à
la salle de bains.

Lorsque Pascal revient de la salle
de bains, tout le monde se met
à table pour manger; puis c'est
l'heure pour Pascal d'aller dormir.

Mais avant de le mettre au lit,
le papa, la maman, le grand-papa
et la grand-maman lui demandent:
«Pascal, est-ce que tu dois aller
faire pipi?»

«Non, non, non, non, non» répond
Pascal.

Alors, sa maman lui donne un baiser, son papa lui donne un baiser, sa grand-maman lui donne un baiser et son grand-papa lui donne un baiser.

«Attendez» dit sa maman. «Dans une minute, il va crier qu'il doit aller faire pipi.»

«Oui!» répond son papa. «Il fait cela tous les soirs et ça me rend fou.»

«Je n'ai jamais eu ces problèmes avec mes enfants» dit la grand-maman.

Ils attendent... 5 minutes... 10 minutes... 15 minutes... 20 minutes.

«Je crois qu'il dort» dit son papa.

«Oui, je crois qu'il dort» dit sa
maman.

«Je crois qu'il est bel et bien
endormi, dit sa grand-maman,
et il n'a pas crié qu'il devait
aller faire pipi.»

«J'ai mouillé mon lit» dit tout à coup
Pascal.

Alors, la maman, le papa, la
grand-maman et le grand-papa
changent le lit et le pyjama de
Pascal. Puis sa maman lui donne
un baiser, son papa lui donne un
baiser, sa grand-maman lui donne
un baiser, son grand-papa lui
donne un baiser et tous les adultes
redescendent au salon.

Ils attendent 5 minutes…
10 minutes… 15 minutes…
20 minutes… quand tout à coup,
du haut de l'escalier, Pascal
crie: «Grand-papa, est-ce que
tu dois aller faire pipi?»

«Heu, eu, eu, je crois bien que je
dois y aller» répond le grand-papa.

«Bien, moi aussi» dit Pascal.

Tous les deux se rendent à la salle
de bains et font pipi dans la toilette.
Pascal n'a plus mouillé son lit
cette nuit-là, même pas une toute
petite fois.

DRÔLES DE COCHONS !

Avant qu'elle parte pour l'école,
le papa de Lucie lui demande
de nourrir les cochons. «Lucie,
s'il te plaît, pourrais-tu nourrir les
cochons? Mais n'ouvre pas
la barrière, les cochons sont plus
brillants que tu crois. N'ouvre
surtout pas la barrière.»

«Moi, monsieur! répond Lucie,
jamais je n'ouvrirai cette barrière.
Jamais! Non, non, non.»

Lucie se rend à l'enclos des cochons. Elle les regarde; ils la regardent.

«Ce sont les animaux les plus stupides que j'ai vus» se dit Lucie. «Ils ont l'air d'une bande d'imbéciles. Jamais ils ne bougeront même si j'ouvre cette barrière.» Et elle ouvre la barrière un tout petit peu. Les cochons ne bougent pas; ils regardent toujours Lucie.

«Ce sont vraiment les animaux les plus stupides que j'ai vus» se dit-elle. «Ils ont l'air d'une bande d'imbéciles. Ils ne sortiront pas d'ici même si la maison prend feu.» Et elle ouvre la barrière un peu plus grande. Les cochons ne bougent pas; ils regardent toujours Lucie.

Lucie leur crie: «EH VOUS!
BANDE D'IMBÉCILES!» Les cochons
sursautent, renversent Lucie,
WAP-WAP-WAP-WAP-WAP, et sortent
de l'enclos.

Lorsque Lucie se relève, tous les
cochons ont disparu. «Oh! Oh!
se dit-elle, je crois que je vais avoir
des ennuis. Ces cochons ne sont
peut-être pas aussi stupides que
je l'imagine après tout.»

Elle rentre à la maison pour
apprendre la mauvaise nouvelle à
son père. En s'approchant, elle
entend un curieux bruit venant de
la cuisine: OINK, OINK, OINK.

«Ça ne ressemble pas à la voix
de ma mère» se dit-elle. «Ça ne
ressemble pas non plus à la voix
de mon père. Ça ressemble plutôt
à des cochons.»

Elle regarde par la fenêtre de la
cuisine. Son père est assis à la table.
Un cochon boit son café; un cochon
mange son journal; et un autre
cochon fait pipi sur ses souliers.
«Lucie! crie son père, tu as ouvert la
barrière! Sors ces cochons d'ici.»

Lucie ouvre la porte un tout petit
peu. Les cochons ne bougent pas
et la regardent. Elle ouvre la porte
toute grande et crie: «EH VOUS!
BANDE D'IMBÉCILES!» Les cochons
sursautent, renversent Lucie,
WAP-WAP-WAP-WAP-WAP, et sortent
de la maison.

Lucie court derrière eux, les ramène
à l'enclos et ferme la barrière.
«Vous avez toujours l'air d'une
bande d'imbéciles» leur dit-elle en
les regardant et elle se précipite
à l'école. Mais au moment d'ouvrir
la porte d'entrée, elle entend:
OINK, OINK, OINK.

«Ça ne ressemble pas à la voix de
mon professeur» se dit-elle. «Ça ne
ressemble pas non plus à la voix de
la directrice. Ça ressemble plutôt à
des cochons.»

Lucie regarde par la fenêtre du
bureau de la directrice. Un cochon
boit le café de la directrice; un
cochon mange le journal de la
directrice; et un autre cochon fait
pipi sur les chaussures de la
directrice. «Lucie! crie la directrice,
sors ces cochons d'ici.»

Lucie ouvre un tout petit peu la porte de l'école. Les cochons ne bougent pas. Elle ouvre la porte un peu plus. Les cochons ne bougent toujours pas. Elle ouvre alors la porte toute grande et crie:
«EH VOUS! BANDE D'IMBÉCILES!»
Les cochons sursautent, renversent Lucie, WAP-WAP-WAP-WAP-WAP, et sortent de l'école.

Lucie entre dans l'école, s'assoit à son pupitre et dit: «Voilà! Je me suis finalement débarrassée de tous ces cochons.» Mais au même moment elle entend: OINK, OINK, OINK. Elle ouvre son pupitre et aperçoit un bébé cochon. «Lucie! lui crie son professeur, sors-moi cet imbécile de cochon d'ici!»

«Imbécile?» répond Lucie.
«Qui a dit que les cochons sont
des imbéciles? Les cochons sont
brillants, très brillants. Je vais
d'ailleurs garder celui-ci comme
animal de compagnie.»

À la fin de la journée, Lucie
attend l'autobus scolaire. Lorsqu'il
arrive, elle s'approche de la porte
et entend: OINK, OINK, OINK.

Lucie descend de l'autobus, traverse la cour et entre dans la cuisine. «Les cochons sont tous retournés dans l'enclos» dit-elle. «Ils y sont retournés d'eux-mêmes. Ils sont vraiment plus brillants que vous le pensez.»

Et Lucie n'ouvrit plus jamais de barrières… du moins plus jamais celles des cochons.

LA MAGICIENNE

Le jour de l'anniversaire de Josiane,
sa maman lui prépare un gros
gâteau.

Elle dit à sa fille: «Fais un voeu et
souffle toutes les bougies.»

Josiane adore la neige. Et même si
c'est l'été, elle souhaite qu'il tombe
beaucoup, beaucoup et encore
beaucoup de neige.

Josiane inspire alors profondément:
«Ahhhhhhhhh!»

Et elle souffle toutes les bougies:
«Oufffffffffffffffffff!»

«Qu'as-tu donc souhaité?» lui demande son papa.

«De la neige, papa. J'ai souhaité qu'il tombe beaucoup, beaucoup et encore beaucoup de neige» répond Josiane.

«Mais regarde autour de toi, lui dit son père. Partout, ici comme chez le voisin, c'est l'été. Tu ne peux pas souhaiter de la neige, il ne neige pas en été. Non, ça ne peut pas marcher.»

«Attends, répond Josiane, on verra bien.»

Une fois la fête terminée, les enfants se préparent à rentrer chez eux. Quand ils ouvrent la porte d'entrée, il y a de la neige sur le pas de la porte, au milieu de la porte et même au-dessus de la porte. Toute la maison est recouverte de neige.

Josiane court à la cuisine et crie: «Maman, papa... maman, papa... maman, papa, il y a de la neige, beaucoup, beaucoup de neige.»

«De la neige en été? répondent ses parents. Cette enfant a complètement perdu la tête!»

Ils ouvrent la porte et s'exclament: «Ahhhhhhhhhhhh!»

«Josiane, il faut que tu nous débarrasses de cette neige. Il y en a vraiment trop.»

«Préparez-moi un autre gâteau d'anniversaire» répond Josiane.

On lui prépare aussitôt un autre gâteau et Josiane fait un voeu.

Elle inspire alors profondément: «Ahhhhhhhhh!»

Et elle souffle toutes les bougies: «Oufffffffffffffffffff!»

La pluie se met aussitôt à tomber. Et il pleut... il pleut... jusqu'à ce que toute la neige fonde.

«Ça, c'est un excellent souhait» lui dit son père. Mais il pleut tellement que tout le jardin se remplit d'eau.

«Josiane, quelle quantité de pluie as-tu souhaitée?» lui demande sa maman.

«As-tu souhaité beaucoup de pluie?» demande à son tour son père.

«Non» répond Josiane.

«As-tu souhaité beaucoup, beaucoup de pluie?» demande de nouveau son père.

«Non» répond Josiane.

«As-tu souhaité beaucoup, beaucoup, beaucoup de pluie?» demande encore son père.

«Oui, répond Josiane. J'ai souhaité beaucoup, beaucoup et encore beaucoup de pluie.»

«Oh non!» crie sa mère.

Les parents de Josiane se précipitent à la cuisine. Ils se dépêchent à préparer un autre gâteau et ils mettent des bougies dessus.

«Maintenant, Josiane, lui dit sa maman, je veux que tu fasses un voeu. Du soleil, beaucoup de soleil. Un point, c'est tout.»

Josiane obéit, elle souhaite du soleil. Beaucoup de soleil.

Elle inspire profondément: «Ahhhhhhhh!»

Et elle souffle toutes les bougies: «Ouffffffffffffffffff!»

Le soleil apparaît aussitôt et la chaleur assèche toute la pluie.

Le papa et la maman de Josiane sortent de la maison et regardent partout. «Voilà qui est beaucoup mieux, dit la maman. Josiane a souhaité du soleil, beaucoup de soleil. Un point, c'est tout.»

Pendant ce temps, Josiane a préparé un autre gâteau d'anniversaire.

Elle inspire profondément: «Ahhhhhhhhh!»

Et elle souffle toutes les bougies: «Oufffffffffffffffff!»

Ses parents se précipitent à l'intérieur et crient: «Josiane, as-tu souhaité quelque chose?»

«Nnnnon» répond Josiane.

«As-tu souhaité beaucoup, beaucoup de cette chose?»

«Nnnnon» répond Josiane.

«As-tu souhaité beaucoup, beaucoup, beaucoup de cette chose?»

«Ouiiii» répond Josiane.

«Josiane, qu'as-tu souhaité?»

«Bien, dit Josiane, j'ai souhaité beaucoup, beaucoup et encore beaucoup d'argent.»

«Écoute, lui explique son père, de l'argent, c'est difficile à gagner. Tu ne peux pas en obtenir comme ça, en claquant des doigts. Ça ne marchera pas.»

«Attends, tu verras bien» répond Josiane.

Au même moment, un énorme camion à ordures s'arrête devant la maison de Josiane. Aussitôt, le camion décharge une quantité incroyable de billets de cent dollars.

«Oh là là! s'exclame Josiane. Regardez tout l'argent qu'on m'offre pour mon anniversaire.»

Josiane court dehors en emportant un énorme sac à ordures et commence à le remplir d'argent.

«Tu es bien trop petite pour avoir tant d'argent, lui dit son père. Cet argent m'appartient.»

Et il sort avec un sac à ordures encore plus gros.

«Oh non! s'écrie sa mère, je crois que c'est moi qui devrais m'occuper de tout cet argent.»

Et elle sort de la maison avec un énorme sac à ordures.

Le papa et la maman de Josiane commencent alors à se quereller.

Josiane court à l'intérieur de la maison et dit: «Un instant, je ne croyais pas que cet argent causerait tant de problèmes. Je vais préparer un autre gâteau d'anniversaire.»

Elle prépare donc un autre gâteau, y met des bougies et fait un voeu.

Elle inspire profondément: «Ahhhhhhhhh!»

Et elle souffle toutes les bougies: «Ouffffffffffffffffff!»

Quand le papa et la maman entendent Josiane souffler les bougies, ils se précipitent dans la maison.

«Josiane, dit son papa, as-tu souhaité beaucoup, beaucoup, beaucoup de cette chose?»

«Nnnnon» répond Josiane.

«As-tu souhaité beaucoup, beaucoup de cette chose?»

«Nnnnon» répond Josiane.

«As-tu souhaité beaucoup de cette chose?»

«Ouiiii» répond Josiane.

«Beaucoup de cette chose, un point, c'est tout, dit son papa. C'est très bien ainsi. Mais qu'as-tu donc souhaité?»

«J'ai souhaité quelque chose qui me rendra heureuse, s'exclame Josiane. Quelque chose qui me tiendra occupée, quelque chose que nous désirons tous. J'ai souhaité un… BÉBÉ!»

«Hé, un instant! dit son papa. Tu ne connais rien à ces choses-là. Tu ne peux pas souhaiter un bébé comme ça, en claquant des doigts. Ça ne marchera pas.»

«Attends, tu verras bien» répond Josiane.

«Moi, je la crois» dit sa maman.

«Quand elle a souhaité de la neige, elle a eu de la neige. Quand elle a souhaité de la pluie, elle a eu de la pluie. Quand elle a souhaité du soleil, elle a eu du soleil. Quand elle a souhaité de l'argent, elle a eu de l'argent. Maintenant qu'elle a souhaité un bébé, je crois que nous aurons un bébé!»

«Je pense que tout ça est ridicule, répond son papa. Josiane, annule ton voeu.»

«D'accord, dit Josiane, je vais laisser tomber mon voeu. De toute façon, je ne désire pas un BÉBÉ, j'en désire TROIS.»

LES FANTAISIES D'ADÈLE

Un beau matin, Adèle dit à sa maman:
«Personne dans ma classe ne porte de queue
de cheval. Moi, j'aimerais en avoir une ici,
juste derrière la tête.»

Et sa maman lui fait une belle queue de
cheval juste derrière la tête.

Ce jour-là, quand Adèle arrive à l'école,
tous les enfants la regardent et s'écrient:
«C'est très laid, Adèle, très, très laid!»

«C'est MA queue de cheval, leur répond
Adèle, et MOI, je l'aime beaucoup.»

Le lendemain, en arrivant à l'école, Adèle
s'aperçoit que toutes les filles portent
une queue de cheval juste derrière la tête.

Fâchée, Adèle ne se gêne pas pour leur dire:
«Vous n'êtes qu'une bande de copieuses
sans cervelle! Vous faites tout ce que je fais!»

Le jour suivant, sa maman lui demande:
«Adèle, aimerais-tu que je te fasse une
queue de cheval juste derrière la tête?»

«Non» refuse Adèle.

«Mais voyons, Adèle, dit sa maman, c'est
le seul endroit où l'on peut porter une queue
de cheval.»

«Non, ce n'est pas le seul, réplique Adèle.
J'aimerais en avoir une ici, juste au-dessus
de l'oreille.»

«Voilà qui est bizarre, s'étonne sa maman.
Es-tu certaine que c'est ce que tu veux?»

«Oui» affirme Adèle.

Et sa maman lui fait une belle queue de
cheval juste au-dessus de l'oreille.

Ce matin-là, quand Adèle arrive à l'école,
tous les enfants la regardent et s'écrient:
«C'est très laid, Adèle, très, très laid!»

«C'est MA queue de cheval, leur répond
Adèle, et MOI, je l'aime beaucoup.»

Le lendemain, Adèle s'aperçoit que toutes
les filles de l'école, et même certains
garçons, portent une queue de cheval juste
au-dessus de l'oreille.

Le jour suivant, sa maman lui demande:
«Adèle, aimerais-tu que je te fasse une
queue de cheval juste derrière la tête?»

«NNNOOONNN!» refuse Adèle.

«Alors, une queue de cheval juste au-dessus
de l'oreille?»

«NNNOOONNN!»

«Mais voyons, Adèle, dit sa maman, il n'y
a pas d'autre endroit où l'on peut faire une
queue de cheval.»

«Oh oui! il y en a! réplique Adèle. J'aimerais
en avoir une ici, juste sur le dessus de la tête,
comme un palmier.»

«Voilà qui est très bizarre, s'étonne sa maman.
Es-tu certaine que c'est ce que tu veux?»

«Oui» affirme Adèle.

Et sa maman lui fait une queue de cheval juste sur le dessus de la tête, comme un arbre.

Quand Adèle arrive à l'école, tous les enfants la regardent et s'écrient:
«C'est très laid, Adèle, très, très laid!»

«C'est MA queue de cheval, leur répond Adèle, et MOI, je l'aime beaucoup.»

Le lendemain, tous les garçons et toutes les filles de l'école portent une queue de cheval, juste sur le dessus de la tête. Ils ont tous l'air d'avoir un pied de brocoli sur le dessus du crâne.

Le matin suivant, la maman demande:
«Adèle, aimerais-tu que je te fasse une queue
de cheval juste derrière la tête?»

«NNNOOONNN!» refuse Adèle.

«Alors, une juste au-dessus de l'oreille?»

«NNNOOONNN!»

«Alors, peut-être une juste sur le dessus de la
tête?»

«NNNOOONNN!»

«Mais voyons, Adèle. Il n'y a pas d'autre
endroit pour faire une queue de cheval.»

«Oh oui! il y en a! réplique Adèle. J'aimerais
en avoir une sur le devant de la tête, juste
au-dessus du nez.»

«Voilà qui est très bizarre, s'étonne sa maman.
Es-tu certaine que c'est ce que tu veux?»

«Oui» affirme Adèle.

Et sa maman lui fait une queue de cheval
sur le devant de la tête, juste au-dessus du
nez. En se rendant à l'école, Adèle se cogne
contre quatre arbres, trois voitures, deux
maisons et un directeur.

Quand, finalement, Adèle arrive à l'école,
tous les enfants la regardent et s'écrient:
«C'est très laid, Adèle, très, très laid!»

«C'est MA queue de cheval, leur répond
Adèle, et MOI, je l'aime beaucoup.»

Le lendemain, à l'école, toutes les filles,
tous les garçons et même la maîtresse ont
une queue de cheval sur le devant de la
tête, juste au-dessus du nez.

Personne ne voit où il pose les pieds. Tout
le monde se cogne contre les tables, contre
les murs, contre les portes. Trois filles se
retrouvent même, par erreur, dans les toilettes
des garçons.

Fâchée, Adèle leur crie: «Vous n'êtes qu'une bande de copieuses et de copieurs sans cervelle! Vous faites toujours tout ce que je fais et demain... JE VAIS ME RASER LA TÊTE!»

Le matin suivant, la maîtresse est la première
à se présenter à l'école. La tête rasée, elle
est chauve comme un genou.

Suivent ensuite les garçons qui ont aussi la
tête rasée. Ils ont l'air de vraies boules de
billard.

Arrivent ensuite les filles qui ont aussi la tête
rasée. Elles sont chauves comme des oeufs.

Adèle est la dernière personne à se présenter
et elle porte...

... une belle queue de cheval juste derrière
la tête.

Cet album contient ces 12 drôles d'histoires :